La boîte à cauchemars

Une histoire de Michel Piquemal,
illustrée par Frédéric Pillot

Chapitre 1

– Prenez une feuille de papier, a dit la maîtresse, et dessinez votre cauchemar… Vous avez bien compris, vous faites un dessin de ce qui vous fait le plus peur.
Tout le monde s'est mis au travail.

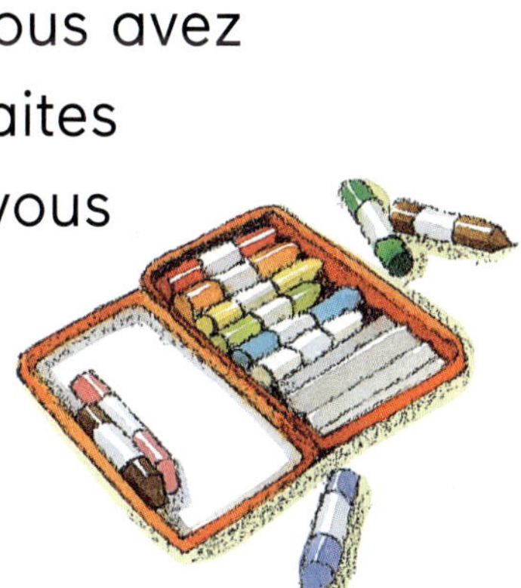

Ludovic a dessiné
un affreux vampire
avec des **crocs**
rouges de sang,

Julie un monstre
poilu,

Amélie une énorme
araignée,

Pascal un **gangster**
armé jusqu'aux
dents...

… et moi, comme j'ai peur de rien,
hi, hi, hi ! j'ai dessiné la maîtresse.

Au bout d'une heure,
la maîtresse a ramassé
les feuilles.
– Voilà, a-t-elle dit,
je vais les mettre dans
une boîte à cauchemars.

Elle a pris une grosse boîte de Lego, elle y a rangé nos dessins et a bien refermé.

– Plus de soucis ! Vos cauchemars sont désormais en prison. Ainsi, la nuit, vous ne ferez plus que de beaux rêves et vous arriverez à l'école frais comme des coquelicots.

Nous, on a tous applaudi, car on a une maîtresse formidable.

Mais on n'y croyait pas trop !

Chapitre 2

À la récréation, tout le monde
se racontait le vilain monstre baveux
et poilu qu'il avait dessiné.
Ça ne parlait que
de dents, de griffes,
de pinces et de sang
de vampire !

Il faisait un peu gris. Il tombait de petites gouttes froides. Le ciel était noir et le vent soufflait très fort.

On était dans l'**ambiance** idéale pour parler de monstres poilus.

C'est alors que la maîtresse
s'est approchée de moi :
– Robin, tu peux aller fermer la fenêtre
de la classe ? Le vent n'arrête pas
de la faire claquer.

– Pas de problème, maîtresse !

Et j'ai foncé
comme
un **TGV**.

J'ai ouvert la porte, et là... mon sang s'est glacé dans mes veines.

Le vent avait fait tomber la boîte à cauchemars, qui s'était ouverte.

Ils étaient tous là
devant moi :

vampire,

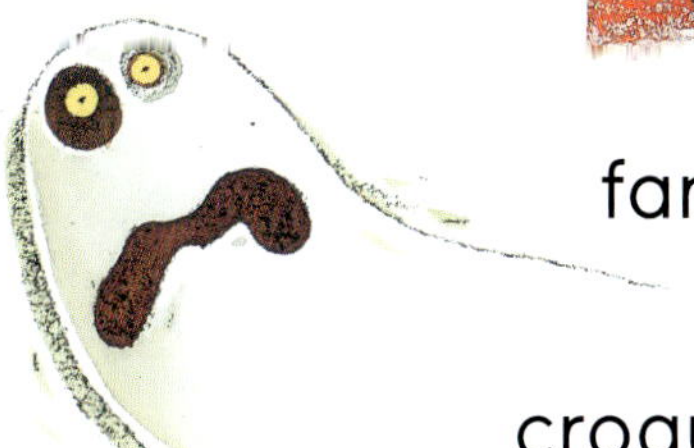

fantôme,

croquemitaine,

gangster à l'œil menaçant,

sorcière,

araignée géante...

Ils s'approchaient,
ils ricanaient.

J'ai murmuré :

– Pitié ! J'ai rien fait !

Laissez-moi m'en aller !

Mais ils ricanaient
plus fort encore.
Ils s'approchaient tout près.

Je sentais
presque les poils
de l'araignée contre
ma cuisse...

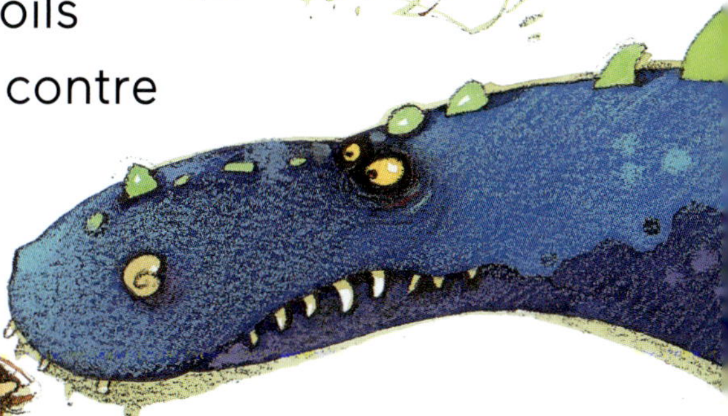

Le souffle chaud
d'un dragon me brûlait
les joues...

L'**haleine**
puante d'un vampire
me donnait la nausée...
quand soudain une voix a crié :
– À la niche, les sales bêtes !

Chapitre 3

C'était la maîtresse, celle que j'avais dessinée. Elle s'était emparée de la grande règle plate et les menaçait. Ils se sont retournés, et elle a hurlé :

– Au placard, les cauchemars !

Notre maîtresse, quand elle est en colère, elle peut être terrible !

Alors, les vampires, les fantômes, les croquemitaines, les gangsters et les sorcières ont baissé la tête.

Ils ont filé tout doux, tout doux et sont retournés dans leur boîte. La maîtresse l'a refermée.

Je suis resté
un moment aussi
K.-O. qu'un boxeur.

Puis j'ai entendu à nouveau la voix moqueuse de ma maîtresse :
– Alors, Robin, tu rêves ou quoi ?
On dirait que le chat t'a mangé la langue.

J'ai bredouillé :
– Je ne rêve pas, mais je crois bien que j'ai fait un cauchemar.

Elle a souri en
secouant la boîte :
– Pas de danger !
Tu vois, ils sont tous
là, bien enfermés…

Puis elle a vu mon dessin de
la maîtresse, qui était resté par terre.
Elle l'a ramassé en disant :
– Je crois qu'on
en a oublié un
d'horrible !

Elle allait le mettre dans la boîte, mais je l'ai arrêtée :

– Oh non, maîtresse, celle-là, elle est gentille ! C'est Super-Maîtresse, la **gardienne** des cauchemars !

Alors elle a pris un rouleau de
Scotch et on l'a collée sur la boîte.
Avec Super-Maîtresse,
les cauchemars serrent les fesses !

Fin

Cette histoire t'a plu ?
Je te propose de jouer
maintenant avec
les personnages.

Tu es prêt ?

C'est parti !

Si tu en as besoin,
tu trouveras les solutions
page 32.

Retrouve dans ce tableau tout ce que tu as compris de l'histoire que tu viens de lire.

Quels personnages ?	 Robin	 Le serpent	 La sorcière
À quel moment ?	 Pendant la journée d'école	 À Halloween	 À minuit
À quel endroit ?	 À la bibliothèque	 Au parc	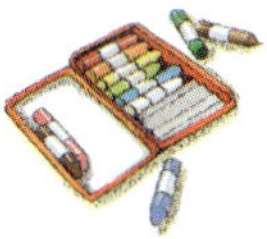 À l'école
Quel genre ?	 Un conte	 Une comédie	 Un roman d'épouvante

As-tu bien lu l'histoire ?

Réponds par *Vrai* ou par *Faux* à ces affirmations.

1. En classe, la maîtresse propose de dessiner de jolies licornes.

2. Robin a dessiné la maîtresse.

3. La maîtresse range les dessins dans une boîte orange.

4. Pendant la récréation, Robin part aux toilettes.

5. Dans la classe, la boîte de bonbons s'est ouverte.

Relie chaque enfant à son cauchemar.

Pour t'aider, va en page 4.

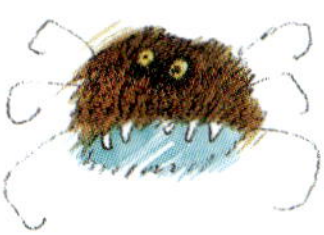

A

B

C

D

Un monstre a été dessiné deux fois.

Sauras-tu retrouver les deux sosies ?

Trouve l’ombre correspondant à l’image.

Associe chaque dessin au mot qui convient.

A

B

C

D

E

1. Fleurs
2. Vampire
3. Livre
4. Serpent
5. Sorcière

Tous les cauchemars sont rentrés dans
la boîte, sauf un. Sauras-tu le retrouver ?

Solutions des **jeux**

Page 25 : Quels personnages ? Robin, la sorcière. À quel moment ? Pendant la journée d'école. À quel endroit ? À l'école. Quel genre ? Un roman d'épouvante.

Page 26 : 1. Faux ; 2. Vrai ; 3. Vrai ; 4. Faux ; 5. Faux.

Page 27 : Julie : le monstre (B) ; Ludovic : le vampire (D) ; Pascal : le gangster (C) ; Amélie : l'araignée (A).

Page 28 : Le monstre bleu avec des yeux jaunes.

Page 29 : L'ombre D.

Page 30 : A 3 ; B 4 ; C 1 ; D 5 ; E 2.

Page 31 :

La mascotte « Milan Benjamin » a été créée par Vincent Caut.
Les jeux sont réalisés par l'éditeur, avec les illustrations de Frédéric Pillot.

Suivi éditorial : Sophie Nanteuil. Mise en pages : Graphicat

1, rond-point du Général-Eisenhower, 31101 Toulouse Cedex 9, France
editionsmilan.com
Loi 49.956 du 16.07.1949 sur les publications destinées à la jeunesse
Dépôt légal : 2e trimestre 2018
ISBN : 978-2-7459-2494-0
Achevé d'imprimer en Espagne par Egedsa